Hermann Uhde

Lessing und die Komödianten der Neuberin

Antigonos

Hermann Uhde

Lessing und die Komödianten der Neuberin

Unveränderter Nachdruck der Originalausgabe von 1871.

1. Auflage 2024 | ISBN: 978-3-38631-691-0

Antigonos Verlag ist ein Imprint der Outlook Verlagsgesellschaft mbH.

Verlag: Outlook Verlag GmbH, Zeilweg 44, 60439 Frankfurt, Deutschland, info@outlook-verlag.de
Vertretungsberechtigt: E. Roepke, Zeilweg 44, 60439 Frankfurt, Deutschland
Druck: Libri Plureos GmbH, Friedensallee 273, 22763 Hamburg, Deutschland

Kritische Zusammenstellung der in Österreich-Ungarn bisher beobachteten Arten, Formen und Bastarte der Gattung *Hieracium*.

Von dem c. M. Dr. **August Neilreich**.

Die *Hieracien* bieten dem beschreibenden Botaniker in der Feststellung der Arten Schwierigkeiten dar, wie sie nur bei wenigen Gattungen in Europa wieder vorkommen. Die Ursache liegt in dem grossen Formenreichthume derselben einerseits, und in der schwachen Abgrenzung dieser Formen andrerseits, so dass sie fast alle in einander übergehen. Wie sehr man auch bemüht war, Merkmale aufzufinden, welche einen sicheren Masstab zur Unterscheidung der Arten abgeben sollen, so hat man bisher doch keines gefunden; alle sind veränderlich und trügerisch.

Der Weg, den die Autoren eingeschlagen haben, um die zahllosen Formen der *Hieracien* in einzelne Arten zu scheiden, war wie bei so vielen andern Gattungen ein doppelter und zwar geradezu ein sich schroff entgegengesetzter. Die Einen — und ihre Anzahl ist überwiegend — gingen von der Ansicht aus, jede unterscheidbare Form müsse als Art betrachtet und als solche benannt werden. Allein da der Begriff einer „unterscheidbaren Form" bei der grossen Mannigfaltigkeit derselben ein sehr dehnbarer ist, so müssten sich auf diese Weise die Arten fort und fort vermehren, so dass zuletzt alle Übersicht verloren ginge und eine chaotische Verwirrung nicht zu vermeiden wäre. Jordan, der diese Methode auf die äusserste Spitze getrieben, hat bereits bewiesen, wohin dieser Weg führt. Andere Botaniker stellten den Grundsatz auf, alle Formen, welche durch deutliche und häufig vorkommende Übergänge mit einander verbunden sind, seien in Eine Art zu vereinigen. Obschon sich vom theoretischen Standpunkte gegen diese Ansicht nichts einwenden lässt und bei Arten anderer Gattungen auch durchgeführt werden kann, so ist sie doch bei den *Hieracien* sehr unpraktisch und würde zu nichts

führen. Denn die meisten der jetzigen *Hieracium*-Arten gehen —
wie bereits erwähnt — in einander über, so dass, wenn man
obigen Grundsatz streng verfolgen wollte, die Zahl der Arten auf
ein Minimum herabsänken. Es erübrigt daher nichts anders, als
einen Mittelweg einzuschlagen, sich mit den nur einigermassen
haltbaren Unterscheidungsmerkmalen und darauf gegründeten
künstlichen Arten zu begnügen und sich jenen Ansichten anzu-
schliessen, die bisher noch am meisten Beifall gefunden haben.
Dabei consequent vorzugehen, ist leider unmöglich, da man oft
eine Art nur deshalb gelten lassen muss, um einen Ruhepunkt zur
Unterbringung der zahllosen Formen zu finden. Es ist dies sehr
unwissenschaftlich, allein ich weiss kein besseres Mittel und andere wissen auch keines. Aus diesem Grunde habe ich hier so
manche Art als solche aufgeführt, die ich früher blos als Varietät
gelten liess.

Seit V i l l a r s , dem ältesten Reformator der *Hieracien,* haben
in neuerer Zeit vorzüglich T a u s c h , F r ö l i c h , K o c h , die
Brüder S c h u l t z , W i m m e r , G r i s e b a c h , R e i c h e n b a c h fil.
und vor allen F r i e s angestrebt, die Arten dieser Gattung zu
ordnen und die grenzenlose Verwirrung in den Synonymen zu be-
seitigen. Allein so gross auch ihre Verdienste sind, welche sie
sich dabei erwarben, so haben sie doch die Hauptaufgabe, nämlich
die Arten in den Rahmen scharf begrenzter Diagnosen zu bringen,
auf eine befriedigende Weise nicht gelöst. Was insbesondere
F r i e s betrifft, so haben seine beiden Werke *Symbolae ad historiam Hieraciorum* und *Epicrisis generis Hieraciorum* Epoche ge-
macht und ich glaube nicht zu irren, wenn ich behaupte, dass
diese Werke auf jeden, der sie aufmerksam durchgeht, durch die
Tiefe des Wissens, die Schärfe der Kritik, den Reichthum der
Quellen und die musterhafte Ordnung in der Behandlung des
Stoffes einen wahrhaft imponirenden Eindruck machen. Allein
zum praktischen Gebrauche d. i. zur Bestimmung der Arten sind
sie wenig geeignet. Denn in Folge der Beibehaltung so vieler
alten und der Aufstellung so vieler neuen Arten [1] und des gänz-

---

[1] Schon B i s c h o f f sagt in seiner klassischen Monographie der Cichorieen p. XIV. „In der Gattung *Hieracium* wird sich wahrscheinlich bei
einer kritischen Bearbeitung auch eine Reduction der von K o c h noch zu-

lichen Ignorirens aller Bastarte sah sich Fries genöthigt, seine
Diagnosen oft auf veränderliche oder geringfügige, schwer zu er-
kennende Merkmale zu stützen, so dass manche Arten erst dadurch
verständlich wurden, dass Fries in der *Epicrisis* stets auf die Abbildungen Reichenbach's hinweist. Wimmer, gewiss ein
theoretisch und praktisch gebildeter Botaniker und Verehrer der
Symbolae, hat gleichwohl die meisten schwierigen schlesischen
Hieracien nach obigem Werke unrichtig bestimmt, wie dies aus
der *Epicrisis* erhellt, was freilich nicht seine Schuld war, sondern
in der Unzulänglichkeit der von Fries angegebenen Unterschei-
dungsmerkmale seinen Grund hatte. Schon der Umstand, dass
Fries so oft seine Ansicht ändert, zeigt, dass er von derselben
nicht immer überzeugt sein konnte.

Auf nicht minder grosse Schwierigkeiten stösst man bei Beur-
theilung der hybriden Formen, da bei diesen nicht wie bei andern
Gattungen theilweise Merkmale der einen oder der anderen
Stammart entschieden einander gegenüberstehen, sondern auch
hier ein allmäliges Ineinanderfliessen der Stammarten platz-
greift. Es lassen sich daher nur die Bastarte des *H. Pilosella* und *H. aurantiacum* mit andern Arten mit einiger Sicherheit erkennen, bei allen übrigen beruht die hybride Natur
auf mehr oder weniger wahrscheinlichen Vermuthungen. Fries
will zwar gar keine *Hieracium*-Bastarte zulassen: „Fabulatus
equidem quoque sum in hoc genere de formis hybridis" sagt er in
der Nov. mant. III. 97, allein diese Ansicht ist durch die von
F. Schultz (Flora 1862 p. 417, 431—2), dann vom Prälaten
Mendel in Brünn (Brünn. Ver. 1869 p. 26) künstlich erzeugten
Bastarte entschieden widerlegt. Dagegen ist F. Schultz offen-
bar zu weit gegangen, da er Arten oder Formen dieser Arten
für hybrid hält, die oft über weite Länderstrecken verbreitet sind
und sich nicht durch Ausläufer fortpflanzen.

Unter solchen Umständen wäre es meinerseits eine wissenschaftliche Vermessenheit, wenn ich es auf mich nehmen wollte,
die *Hieracien* — seien es auch nur die in Österreich-Ungarn vorkommenden— auf eine sichere Basis zurückzuführen und ihre Unter-

---

gelassenen Arten als nothwendig herausstellen". Und doch wie klein ist
die Zahl der Arten Koch's gegen jene, die Fries aufgeführt hat.

schiede durch Diagnosen festzustellen. In dieser Abhandlung wird daher nichts anderes bezweckt, als die bisher in Österreich-Ungarn beobachteten *Hieracien* aufzuzählen, ihre geographische Verbreitung anzugeben, die Synonyme, soweit dies thunlich ist, gehörigen Orts unterzubringen und den Werth der von den Autoren aufgestellten Arten einer eingehenden Prüfung zu unterziehen. Denn, dass Arten oft mit grossem Leichtsinne ja manchmal nach einem einzigen Exemplare aufgestellt wurden, ist eine Thatsache, die sich nicht läugnen lässt.

Ich habe zu diesem Ende, wie nachstehendes Verzeichniss zeigt, nicht nur alle einschlägigen Werke, sondern auch mehrere der grössten und ausgezeichnetsten Herbarien benützt, als die Normal-Herbarien von Fries, F. Schultz und Schultz Bip., dann das ehemalige Herbarium Pittoni, sämmtlich im Besitze des k. k. botanischen Cabinets, das im Pester Nationalmuseum befindliche Herbarium Kitaibel, das nun dem Leopoldstädter Obergymnasium gehörige ehemalige Herbarium Juratzka, ferner die an Formen und Original-Exemplaren reichen Herbarien Sr. Excellenz des Erzbischofes Haynald, des Med. Dr. v. Reuss, des k. Rathes von Köchel und des Hofrathes von Tommasini bezüglich der küstenländischen *Hieracien*. Für diese mir gewährte grosse und höchst ausgiebige Unterstützung fühle ich mich verpflichtet, den Vorstehern obiger Institute, Regierungsrathe Dr. Fenzl, Custos von Janka und Director Dr. Pokorny, dann den Eigenthümern der vorerwähnten Privat-Herbarien meinen verbindlichsten Dank auszudrücken. Von zwei höchst werthvollen Herbarien, nämlich des k. k. botanischen Cabinets und der k. k. zologisch-botanischen Gesellschaft konnte ich zu meinem grossen Leidwesen keinen Gebrauch machen, weil sie sich schon seit 3 Jahren in den Händen Nägeli's in München befinden. Endlich habe ich durch 30 Jahre die *Hieracien* der Umgebungen Wiens mit Vorliebe in der freien Natur beobachtet und eine grosse Menge von Formen gesammelt. Ich glaube somit in der Lage zu sein, der mir aufgestellten Aufgabe, sowie ich sie oben näher bezeichnet habe, entsprechen zu können. Etwas anderes höheres darf man sich freilich nicht erwarten.

Verzeichniss

der vorzugsweise benützten Schriften und Erklärung der Abkürzungen.

All. Pedem. — **Allionii** Flora pedemontana. Augustae Taurinorum, tomus I. et III. (icones) 1785 in Folio.

Ambr. Tir. — **Ambrosi** Flora del Tirolo meridionale. Padova, vol. II. parte I. 1857 in 8.

Baumg. — **Baumgarten** Enumeratio stirpium in Transsilvania indigenarum. Vindobonae, tomus III. 1816 in 8.

Berdau — **Berdau** Flora cracoviensis. Cracoviae 1859 in 8.

Bert. Ital. — **Bertolonii** Flora italica. Bononiae, volumen VIII. 1850 in 8.

Bess. — **Besser** Primitiae Florae Galiciae. Viennae, pars II. 1809 in 8.

Brandb. Ver. — Verhandlungen des botanischen Vereins für Brandenburg. Berlin, Jahrgänge 1859—1868 in 8.

Britt. — **Brittinger** Flora von Ober-Österreich. Wien 1862. Separatabdruck aus den Verhandlungen der Z. B. G. in 8.

Bruh. Vorarlb. — **Bruhin** Beiträge zur Flora von Vorarlberg im VIII. Rechenschaftsberichte des Vorarlberger Museumvereins. Bregenz 1865 in 4.

Brünn. Ver. — Verhandlungen des naturforschenden Vereins in Brünn. Brünn, Jahrgänge 1862—1869 in 8.

Dietr. — **Dietrich** Flora regni borussici. Berlin, Band VIII. 1840, X. 1842, XI. 1843, XII. 1844 in 8.

Döll Fl. Bad. — **Döll** Flora des Grossherzogthums Baden. Karlsruhe, II. Band 1859 in 8.

Döll Rhein. Fl. — **Döll** Rheinische Flora. Frankfurt a. M. 1843 in 8.

E. B. — **English Botany.** London 1790—1831, tabulae 349, 1093, 1110, 1469, 1771, 2031, 2082, 2121, 2122, 2235, 2307, 2368, 2379, 2690 in 8.

Facch. — **Facchini** Flora von Südtirol. Innsbruck in der Zeitschrift des Ferdinandeums V. Heft 1855 in 8.

F. I. Karpat. — **Fritze** und **Ilse** Karpatenreise in den Verhandlungen der Z. B. G. XX. Band 1870 p. 467—526 in 8.

Fleischm. — Fleischmann Übersicht der Flora Krains. Laibach 1844 in 8.

Flora — Flora oder allgemeine botanische Zeitung. Regensburg, Jahrgänge 1818—1870 in 8.

Fl. dan. — Flora danica. Havniae 1761—1845, tabulae 27, 680, 810, 872, 1110, 1111, 1112, 1113, 2425 in Folio.

Fries Nov. — Fries Novitiae Florae suecicae. Lundae 1814—23 in 4. Editio II. Londini Gothorum 1828 in 8.

Fries Nov. mant. — Fries Novitiarum Florae suecicae mantissa altera, Upsaliae 1839 et mantissa tertia, Lundae et Upsaliae 1842 in 8. Die erste Mantissa enthält nichts über *Hieracium*.

Fries Summ. veget. — Fries Summa vegetabilium Scandinaviae. Holmiae et Lipsiae sectio prior 1846 p. 6—8 de Hieracio, sectio posterior 1849 p. 526—52 Synopsis Hieraciorum Scandinaviae. In 8.

Fries Symb. — Fries Symbolae ad historiam Hieraciorum. Upsaliae 1848 in 4.

Fries Epicr. — Fries Epicrisis generis Hieraciorum. Upsaliae 1862 in 8.

Fröl. — Frölich Hieracium in De Candolle Prodromus systematis naturalis. Parisiis pars VII. 1838 p. 198—238 in 8.

F. Schultz s. Schultz F.

Fuss — Fuss Flora transsilvanica. Cibinii 1866 in 8.

Garcke — Garcke Flora von Nord- und Mittel-Deutschland. Neunte Auflage Berlin 1869 in 8.

Gaud. — Gaudin Flora helvetica. Turici, volumen quintum 1829 in 8.

Gren. et Godr. — Grenier et Godron Flore de France. Paris, tome second 1850 en 8.

Griseb. — Grisebach Commentatio de distributione Hieracii generis per Europam geographica. Gottingae 1852 in 8.

Hartm. — Hartman Handbok i Skandinaviens Flora. Stockholm V. upplagan 1849 in 8.

Hausm. — Hausmann Flora von Tirol. Innsbruck, I. Band 1851, III. 1854 in 8.

Herb. Buc. — Herbich Flora der Bucovina. Leipzig 1859 in 8.

Heuff. Ban. — Heuffel Enumeratio plantarum in Banatu Temesiensi sponte crescentium. Vindobonae 1858 in 8. Separatabdruck aus den Verhandlungen der Z. B. G.

Hinterh. Prodr. — Rudolf und Julius Hinterhuber Prodromus einer Flora von Salzburg. Salzburg 1851 in 12.

Host Austr. — Host Flora austriaca. Viennae volumen secundum 1831 in 8.

Josch — Josch Flora von Kärnten. Klagenfurt 1853 in 8. Aus dem Jahrbuche des naturhistorischen Museums in Kärnten.

Kit. Add. — Kitaibel Additamenta ad Floram hungaricam. E manuscriptis Musei naturalis hungarici edidit Kanitz. Halis Saxonum 1864 in 8.

K. K. Slav. — Kanitz und Knapp Die bisher bekannten Pflanzen Slavoniens. Wien 1866 in 8. Separatabdruck aus den Verhandlungen der Z. B. G.

Koch — Koch Synopsis Florae germanicae et helveticae. Lipsiae ed. II. pars secunda 1844 in 8.

Kolbh. — Kolbenheyer Vorarbeiten zu einer Flora von Teschen und Bielitz. In den Verhandlungen der Z. B. G. 1862 p. 1185—1220 in 8.

Krain. Mus. — Erstes bis drittes Jahresheft des Vereins des krainischen Landesmuseums, Laibach 1856—62. Fortgesetzt als Mittheilungen des Musealvereins für Krain, Laibach 1866 in 8.

Ledeb. Ross. — Ledebour Flora rossica. Stuttgartiae vol. II. pars II. 1845—6 in 8.

Linn. Spec. — Linnaei Species plantarum. Holmiae, editio I. 1753, edito II. 1763 in 8.

Lotos — Lotos Zeitschrift für Naturwissenschaften. Prag, Jahrgänge 1851—70 in 8.

Makw. — Makowsky Flora des Brünner Kreises. Brünn 1863 in 8. Separatabdruck aus den Verhandlungen des naturforschenden Vereins in Brünn.

Maly En. — Maly Enumeratio plantarum imperii austriaci universi. Vindobonae 1848 in 8.

Maly Stir. — Maly Flora von Steiermark. Wien 1868 in 8.

Nägeli — Nägeli über einige Arten der Gattung *Hieracium* in Schleiden und Nägeli. Zeitschrift für wissenschaftliche Botanik. Zürich 1845 p. 103—20 in 8.

Neilr. N. Ö. — Neilreich Flora von Nieder-Österreich. Wien 1859 in 8. Erster und zweiter Nachtrag in den Verhandlungen der Z. B. G. 1866 und 1869.

Neilr. Nachtr. — Neilreich Nachträge zu Maly's Enumeratio plantarum imperii austriaci universi. Wien 1861 in 8.

Neilr. Ung. — Neilreich Aufzählung der in Ungarn und Slavonien bisher beobachteten Gefässpflanzen. Wien 1866. Nachträge und Verbesserungen 1870 in 8.

Neilr. Diagn. — Neilreich Diagnosen der in Ungarn und Slavonien bisher beobachteten Gefässpflanzen, welche in Koch's Synopsis nicht enthalten sind. Wien 1867 in 8.

Neilr. Croat. — Neilreich Vegetationsverhältnisse von Croatien. Wien 1868. Nachträge in den Verhandlungen der Z. B. G. 1869 in 8.

Nym. Syll. — Nyman Sylloge Florae europaeae. Oerebroae 1854—55, supplementum 1865.

ÖBW. und ÖBZ. — Österreichisches botanisches Wochenblatt, Wien Jahrgänge 1851—57 oder I.—VII. Band. Fortgesetzt als Österreichische botanische Zeitschrift, Wien, Jahrgänge 1858—1870 oder VIII—XX. Band. Beide redigirt von Skofitz, in 8.

Opiz Sezn. — Opiz Seznam Rostlin květeny České. Praze 1852 in 8.

Ott Catal. — Ott Catalog der Flora Böhmens nach Tausch's Herbarium. Prag 1851 in 4.

Ott Fundort. — Ott Fundorte der Flora Böhmens nach Tausch's Herbarium. Prag 1851, zweite unveränderte Ausgabe 1859 in 4.

Pach. — Pacher Nachträge zur Flora Kärntens, im IV. Hefte des Jahrbuches des naturhistorischen Landesmuseums von Kärnten. Klagenfurt 1859 in 8.

Presl Fl. cech. — Presl Flora cechica. Pragae 1819 in 8.

Rehm. — Rehmann Botanische Fragmente aus Galizien in den Verhandlungen der ZBG. 1868 in 8.

Reichb. Ic. — H. G. Reichenbach fil. Icones Florae germanicae et helveticae. Lipsiae, volumen XIX. seriei secundae vel XXIX. totius operis 1860 in 4.

Reichb. Ic. I. — L. Reichenbach pat. Iconographia botanica. Lipsiae, centuria I. 1823 in 4.

Reuss Komm. — A. Reuss Fil. Botanische Skizze der Gegend zwischen Kommotau, Saaz, Raudnitz und Tetschen in Löschner's Beiträgen zur Balneologie, II. Band. Prag und Karlsbad 1867 in 8.

Reuss Slov. — G. Reuss Května Slovenská. Štávnici (Schemnitz) 1853 in 8.

RM. Mähr. — Rohrer und Mayer Vorarbeiten zu einer Flora des mährischen Gouvernements. Brünn 1833 in 8.

Roch. Ban. — Rochel Plantae Banatus rariores. Pestini 1828 in Folio.

Saut. — Sauter Flora des Herzogthumes Salzburg. Salzburg, II. Theil 1868 in 8. Sonderabdruck aus den Mittheilungen der Gesellschaft für Salzburger Landeskunde.

Schleich. Catal. — Schleicher Catalogus plantarum in Helvetia sponte nascentium. Bex 1800, editio II. 1807, ed. III. 1815, ed. IV. Camberii 1821 in 8.

Schloss. Mähr. — Schlosser Anleitung die im mährischen Gouvernement wildwachsenden Pflanzen zu bestimmen. Brünn 1843 in 8.

Schult. Öster. Fl. — Schultes Österreichs Flora. Wien, II. Band 1814 in 8.

Schultz F. Arch. — F. Schultz Archives de la Flore de France et d'Allemagne. Wissembourg 1842 — Février 1854. Fortgesetzt unter dem Titel Archives de flore, journal botanique, December 1854—1869 in 8.

Schultz F. Flora — F. Schultz über Hieracium in der Flora 1850 I. 210—12 und 1861 p. 34—7 in 8.

Schultz fratr. — F. Schultz und K. Schultz Bip. die Gattung Pilosella in der Flora 1862 p. 417—32.

Schur — Schur Enumeratio plantarum Transsilvaniae. Vindobonae 1866 in 8.

Sendtn. — Sendtner die südbaierischen Hieracien in der Flora 1854 I. p. 321—35, 337—46, 353—66 in 8.

Siebenb. Ver. — Verhandlungen und Mittheilungen des siebenbürgischen Vereins für Naturwissenschaften. Hermannstadt, Jahrgänge 1850—68 in 8.

Steierm. Ver. — Mittheilungen des naturwissenschaftlichen Vereins in Steiermark. Graz, I.—V. Heft 1863—69 in 8.

Stur — Stur Einfluss des Bodens auf die Vertheilung der Pflanzen. In den Sitzungsberichten der k. Akademie der Wissenschaften. Wien XXV. Band 1857 p. 349—421 in 8.

Sturm — Sturm Deutschlands Flora in Abbildungen. Nürnberg 37. Heft 1814, 39. Heft 1815 in 12.

SV. Croat.—Schlosser et Farkaš-Vukotinović Flora croatica. Zagrabiae 1869 in 8.

Tausch—Tausch Bemerkungen über *Hieracium* in der Flora 1828 I. Ergänzungsblätter p. 49—77 in 8.

Vill. Prosp. — Villars Prospectus de l'historie des plantes de Dauphiné. Grenoble 1779 in 8.

Vill. Fl. delph. — Villars Flora delphinalis in Gilibert Systema plantarum. Coloniae Allobrogum I. 1785 in 8.·

Vill. Dauph. — Villars Historie des plantes de Dauphiné. Grenoble, tome troisième 1789 in 8.

Vill. Préc. — Villars Précis d'un voyage botanique. Paris 1812 in 8. Ist soweit es die Hieracien betrifft in F. Schult Arch. 1855 p. 146—55 sammt den Abbildungen mitgetheilt.

Vis. — De Visiani Flora dalmatica. Lipsiae, volumen secundum 1847 in 4.

Vukot. Hier. croat. — Farkaš-Vukotinović Hieracia croatica. Zagrabiae 1858 in 4 [1].

Wahlb. Carp. — Wahlenberg Flora Carpatorum principalium. Gottingae 1814 in 8.

WK. Pl. rar. — Waldstein et Kitaibel Descriptiones et Icones plantarum rariorum Hungariae. Viennae, volumina tria 1802—12 in Folio.

Willd. Spec. — Willdenow Species plantarum. Berolini, tomus III. pars III. 1800 in 8.

Willd. En. berol.—Willdenow Enumeratio plantarum horti regii berolinensis. Berolini, pars II. 1809, supplementum 1813 in 8.

Willd. Hort. berol. — Willdenow Hortus berolinensis. Berolini 1816 in Folio.

---

[1] In diesem Werke werden allen in Croatien vorkommenden wenn auch längst bekannten Arten und Bastarten neue Namen gegeben. In der Regel habe ich ihrer nicht erwähnt, da sie von niemanden anerkannt und von den Verfassern der Flora croatica selbst mit Ausnahme dreier Arten aufgegeben wurden.

Wimm. — Wimmer Flora von Schlesien. Dritte Bearbeitung, Breslau 1857 in 8. Wenn die erste Ausgabe vom J. 1841 oder die zweite vom J. 1844 gemeint sind, so ist dies besonders bemerkt.

Wimm. et Grab. — Wimmer et Grabowski Flora Silesiae. Vratislaviae. Pars II. volumen II. 1829 in 8.

Zaw. — Zawadzki Enumeratio plantarum Galiciae et Bucovinae. Breslau 1835 in 8.

ZBV. und ZBG. — Verhandlungen des zoologisch-botanischen Vereins, Wien, Jahrgänge 1851—57 oder I.—VII. Band. Fortgesetzt als Verhandlungen der k. k. zoologisch-botanischen Gesellschaft, Wien Jahrgänge 1858—70 oder VIII.—XX. Band in 8.

Hieracium Tausch.

Zwischen den Gattungen *Hieracium* und *Crepis* feste Grenzen aufzustellen, hatte von jeher seine Schwierigkeit. Linné suchte den generischen Unterschied in der Beschaffenheit der Hülle, *Hieracium* hatte nach ihm einen calyx imbricatus, *Crepis* einen calyx calyculatus. In Folge dessen kamen viele Arten in die Gattung *Hieracium* zu stehen, welche jetzt allgemein für *Crepis*-Arten gelten. So blieb es durch lange Zeit. Erst Tausch schied in der Flora 1828, mehr von einem richtigen Blicke als einem eigentlichen Principe geleitet, 17 *Hieracien* aus und theilte sie der Gattung *Crepis* zu. Frölich in DC. Prodr. VII. 1838 stellte den Pappus als Gattungsmerkmal auf, indem er dem *Hieracium* einen schmutzigweissen, etwas starren, der *Crepis* einen reinweissen weichen Pappus zuschrieb, gerieth aber dabei mit sich selbst in Widerspruch, da er einige Arten mit schmutzigweissem, ziemlich starrem Pappus ihrer Tracht wegen dennoch in die Gattung *Crepis* versetzte. Bischoff in seinen Cichorieen 1851 suchte den Gattungscharakter in der Frucht, die bei *Crepis* gegen die Spitze verdünnt oder gar geschnäbelt, bei *Hieracium* bis zur Spitze gleichdick ist (Seite V—VI et XVIII). Diese Ansicht, welche in ihrer Durchführung beinahe ganz mit jener Tausch's zusammenfällt, fand allgemeinen Beifall und wurde auch von Fries angenommen. Auch ich bin derselben in diesem Aufsatze gefolgt.

In neuester Zeit wurde von der Gattung *Hieracium*, so wie sie Tausch und Fries begrenzt haben, noch 3 neue Gattungen abgetrennt, nämlich *Chlorocrepis* und *Schlagintweitia* von Grisebach 1852 und *Pilosella* von den Brüdern Schultz, welche letztern dadurch sich 42 *Nobis* erwarben. Fries hat jedoch die Gattung *Hieracium* im Sinne Tausch's aufrecht erhalten.

Tausch theilt die Gattung *Hieracium* nur in 2 Gruppen *Pilosella* und *Aurella*, Koch in 9, wovon 8 zu *Aurella* Tausch gehören. Fries in der Epicr. 5—8 stellt 3 Untergattungen auf *Pilosella*, *Archieracium* und *Stenotheca*, und theilt die Untergattung *Archieracium* in 3 Gruppen *Aurella*, *Pulmonarea* und *Accipitrina*. Allein zwischen *Aurella* und *Pulmonarea* lässt sich kein durchgreifender Unterschied auffinden, bei *Aurella* sollen die Hüllschuppen in mehrere sich berührende Reihen geordnet, bei *Pulmonarea* sollen sie unregelmässig ziegeldachig sein, ein unsicheres, schwer zu erkennendes Merkmal. Ich habe daher diese 2 Gruppen um so mehr in einzige vereinigt, als die 2 prototypen Arten derselben *H. saxatile* Jacq. und *H. murorum* L. in der engsten Verwandtschaft stehen. Die Untergattung *Stenotheca* enthält mit Ausnahme des *H. staticefolium* nur amerikanische Arten (Fries Epicr. 140).

Erste Untergattung. Pilosella Tausch 50.

Die Rippen der sehr kleinen, höchstens 1′″ langen Frucht endigen in kleine zahnartige Vorsprünge, so dass der obere Fruchtrand gezähnelt erscheint. Köpfchen klein, die ausgebreiteten höchstens 1″ im Durchmesser, nur bei *H. Pilosella* grösser. Die Fortpflanzung mittelst Seitentriebe *(Innovatio)* geschieht entweder durch Achselknospen und zwar durch Ausläufer unter und ober der Erde oder, wenn diese fehlen, durch Blattrosetten d. i. durch überwinternde Blätterbüschel, aus denen im nächsten Jahre die Stengel sich erheben, oder die Fortpflanzung geschieht durch Adventivknospen, welche an wagrecht auslaufenden fädlichen Wurzelfasern sitzen und zu Rosetten sich entfalten [1]. Grundständige Blätter daher stets vorhanden.

---

[1] Juratzka ZBV. VII. 533, 534.

Die Arten dieser Unterordnung sind entweder durch die Ausläufer und in deren Ermanglung durch die kleinen Köpfchen von allen Arten der folgenden Unterordnung verschieden, allein zur Unterscheidung der Arten unter sich ist das Vorhandensein oder Fehlen der Ausläufer kein taugliches Merkmal. Auch gilt alles hier Gesagte nur von den Stammarten, nicht von den hybriden Formen, da diese, wenn sie aus Arten verschiedener Gruppen entstehen, auch theilweise Merkmale aus beiden Gruppen enthalten.

Stammarten.

I. Gruppe. OLIGOCEPHALA. Stengel 1—5köpfig, nur ausnahmsweise bei üppigen Exemplaren mehrköpfig.

1. H. Pilosella L. Spec. ed. I. 800, ed II. 1125, Koch 509, Griseb. 4, Fries Epicr. 10, Sv. Bot. t. 458, Fl. dan. t. 1110, EB. t. 1093, Sturm H. 27, Dietr. X. 673, Reichb. Ic. t. 107. — *Pilosella officinarum* Schultz fratr. 421. — Auf Wiesen, Triften, Heiden, Hügeln, an Rainen, Wegen niedriger und gebirgiger Gegenden bis in die Alpenregion. In allen Ländern, selbst auf den Inseln des adriatischen Meeres.

H. Peleterianum Mér. Fl. Par. I. éd. 305. Dietr. XII. t. 852, Reichb. Ic. t. 107 ist nach der Ansicht fast aller Autoren, auch nach Fries Epicr. 12 eine Varietas *pilosissima* des *H. Pilosella* L., nach Sendtn. 262—3 jedoch eine echte Art. Ich finde es nur bei Meran und Bozen angegeben (Hausm. 529), auch in Herbarien sah ich blos Exemplare aus West-Deutschland und Frankreich, sei es, dass es wirklich nicht weiter mehr nach Osten vordringt oder dass es in den verschiedenen Floren als Varietät des *H. Pilosella* und unter diesem mitbegriffen ohne besondern Standort angeführt wird.

H. pilosellaeforme Hoppe in Sturm H. 37, Reichb. Ic. t. 108 oder *H. Hoppeanum* Schult. Östr. Fl. II. 428, von den Autoren bald als Art bald als Varietät des *H. Pilosella* L. betrachtet, ist eine üppige bis 1′ hohe Alpenform des *H. Pilosella* mit kurzen dicken oder fehlenden Ausläufern, sehr grossen Köpfchen und oval-lanzettlichen, ziemlich stumpfen äussern Hüllschuppen (Koch

510). Allein abgesehen, dass oval-lanzettliche Hüllschuppen so leicht in lanzettliche übergehen, sind sie den grossköpfigen üppigen Alpenformen nicht einmal eigenthümlich, da auf niedrigen Kalkhügeln z. B. bei Mödling kleine 2—3″ hohe Exemplare mit ebenso gestalteten Hüllschuppen und fehlenden Ausläufern vorkommen, so wie es andrerseits wieder üppige Formen mit sehr grossen Köpfchen und langen oder kurzen oder fehlenden Ausläufern gibt, bei denen die Hüllschuppen lanzettlich bis lineal-lanzettlich und spitz sind. Selbst **Fries** Epicr. 11 hält dieses *Hieracium* für keine Art. — Auf Wiesen und Triften der Alpen in Tirol, Salzburg, Ober-Steiermark, Kärnten und auf den Karpathen bei Kronstadt, dann nach **Stur** 409 bei St. Ulrich am Karst nächst Prewald in Süd-Krain und nach **Uechtr.** ÖBW. VII. 343 am Fuss der Central-Karpaten bei Kościelisko in Galizien.

2. H. Auricula L. Spec. ed. I. 800, ed. II. 1126, **Koch** 511, **Griseb.** 9, **Fries** Epicr. 19, Fl. dan. t. 1111, **Dietr.** X. t. 674, **Reichb.** Ic. p. 56 t. 114. — *H. dubium* **Willd.** Spec. III. 1563, **Sturm** H. 37 und überhaupt der ältern Autoren. In KK. Slav. 112 wird einer von mir aufgestellten Varietas *eflagelle* erwähnt, allein ich habe nirgend eine solche Varietät aufgestellt. — Auf Wiesen, Triften, Grasplätzen, Torfmooren, an buschigen Stellen, in Wäldern hügliger und gebirgiger Gegenden bis in die Alpenregion, wo es in die folgende Art übergeht. In allen Ländern, nur nicht in Dalmatien, wenigstens hat es **Visiani** nicht aufgenommen.

3. H. glaciale Reynier in **Lachenal** Emend. ad Hall. Hist. in Nova acta Helvet. I. 1787 p. 305 [1]; **Fries** Epicr. 27. — *H. angustifolium* **Hoppe** bot. Taschenb. 1799 p. 129 und 130 (nicht **Sturm**, ein Bastart), **Koch** 511, **Griseb.** 7, **Reichb.** Ic. p. 57 t. 112 f. I. — *H. Auricula* EB. t. 2368, kömmt aber nach **Bab.** Man. 182 in England nicht vor. — Wird fast von allen Autoren als Art angenommen, obschon es sich durch kein einziges bestän-

---

[1] Das wenige, was **Lachenal** hierüber sagt, ist folgendes: „Pro *Hieracii* 53 Halleri varietate habeo, quam nuper cl. Reynier cum nomine *H. glacialis* in summis alpibus lectam accepi triuncialem 3—4 floram, stolonibus nullis, foliis praeter paucos et longos in margine pilos perinde glabris.“

diges Merkmal von *H. Auricula* L. unterscheidet, ja auf trocknen
lehmigen Hügeln niedriger Gegenden findet man nicht selten
kümmerliche Exemplare des *H. Auricula*, welche mit ihrem 2—3″
hohen 1—2 köpfigen Stengel, schmalen Blättern und fehlenden
Ausläufern den Hochalpenformen des *H. glaciale* vollkommen
ähnlich sehen. — Auf Felsen und Triften der Alpen, steigt bis
8000′. Auf den Alpen in Vorarlberg, Nord- und Süd-Tirol, Salzburg, Kärnten und Ober-Steiermark, auf dem Todtengebirge in
Ober-Österreich, Schneeberg in Krain, auf den Arpáser Karpaten
und dem Bucsecs im südlichen Siebenbürgen.

H. Laggeri Fries Epicr. 27, *H. sabinum* var. *Laggeri* Schultz
Bip. in Reichb. Ic. p. 61 t. 126 f. II. Nach den mir vorliegenden
zahlreichen Exemplaren, welche Lagger in der Egina in Ober-
Wallis, einem von Fries angeführten Standorte, gesammelt hat
und von denen er auf der Etiquette selbst bemerkt „geht leicht in
H. angustifolium Hoppe (*H. glaciale* Reyn.) über“, von diesem
nur durch einen höhern bis 1′ hohen Stengel, von *H. sabinum*
Seb. et Maur. durch einen zartern Bau, den armköpfigen Stengel
und kleinere schmalere Blätter verschieden, übrigens bald dem
einen bald dem andern näher verwandt, etwa hybrid? — Auf den
Alpen der Fassa in Süd-Tirol (Facchini in Reichb. Ic. l. c.).

H. breviscapum Koch 511 (nicht DC. eine Pyrenäen-Pflanze).
H. glaciale Griseb. 7 („Foliis subtus pube canescentibus“),
Reichb. Ic. p. 58 t. 112 f. I, II et IX, nicht Reyn. Durch die bei-
derseits oder doch unterseits mit dichten feinen Sternhärchen und
einfachen steifen Borsten bestreuten und daher mehr oder minder
graugrünen Blätter von *H. glaciale* Reyn. (*H. angustifolium*
Hoppe) verschieden, geht aber gleichwohl in dasselbe über, wie
dies Koch selbst zugibt. — Auf hohen Alpentriften, bisher nur
in Tirol, als auf dem Wormser-Joch und dem Col di Lana bei
Andraz der südlichen Pusterthaler-Alpen (Griseb. l. c.).

4. H. alpicola Schleich. Catal. 1821 p. 19, Gaud. 73,
Fröl. 201, Fries Epicr. 27, nicht Tausch. Eine sehr verschie-
denartig gedeutete Pflanze. Nach Koch 511 und früher auch
nach Fries Symb. 8 eine sehr zottige Form des *H. furcatum*
Hoppe d. i. eines Bastartes, nach Nägeli 113 Note ein Bastart
des *H. Pilosella* L. mit *H. piliferum* oder *H. glanduliferum* Hoppe,
nach Schultz fratr. 426—7 früher ein Bastart des *H. glaciale*

Reyn. mit *H. glanduliferum* Hoppe, später eine „eximia species et rarissima“. Der hybriden Eigenschaft, mag man nun was immer für Stammeltern annehmen, steht jedenfalls der Umstand entgegen, dass es auf dem Monte moro im Thale Saas in Wallis (Schleicher's Standorte) und auf dem Grossen Krivan der Tatra in Menge vorkömmt, ungeachtet eine Fortpflanzung durch Ausläufer nicht anzunehmen ist. Man könnte es allenfalls für eine Varietät des *H. glaciale* Reyn. halten, allein wenn man dieses von *H. Auricula* L. specifisch scheidet, so muss man mit weit grösserem Rechte *H. alpicola* als Art gelten lassen, da es durch seine dichtsteifhaarigen Blätter und seine auffallend zottigen Hüllen sehr ausgezeichnet ist. — Auf hohen Alpentriften, auf der Seiseralpe (Schultz fratr. l. c.), dem Schlern und Rittnerhorn bei Bozen (Hausm. ZBG. VIII. 374), in der Fusch und auf der Schmidtenhöhe bei Zell am See in Salzburg (Saut. 89), auf den norischen Alpen in Steiermark (Fries l. c.) und Kärnten (Pach. 81), auf dem Grossen Krivan der Tatra in Ungarn (F. I. Karpat. 504 Note, Fritze Exs.), auf dem Butyan und Arpás der Fogaraser Alpen in Siebenbürgen (Schur 381, aber nur als Synonym von *H. furatum* Hoppe angeführt).

II. Gruppe. POLYCEPHALA. Stengel 10—100köpfig, nur ausnahmsweise bei kümmerlichen Exemplaren armköpfig.

5. **H. praealtum** Vill. Préc. 62 erweitert im Sinne Gaudin's 83 und Nägeli's 107, nur dass sie diese Art nach All. Pedem. I. 213 *H. florentinum* nennen, allerdings der älteste Name aber unpassend und, da man Allioni's Pflanze mit Sicherheit nicht kennt (Mor. Fl. sard. II. 515, Vis. 122, Griseb. 12), auch incorrect. — *H. commune* Ambr. 615. Man kann 2 Formen unterscheiden und zwar:

I. **Die südliche oder transalpine Form.** Feiner, zarter, Köpfchen sehr klein, die kleinsten der Gattung, mehr zerstreut, Ausläufer fehlend, sonst kein Unterschied von der folgenden Form und vielfach in sie übergehend. *H. piloselloides* Vill. Dauph. III. p. 100 t. 27, Koch 512, Griseb. 12, Reichb. Ic. I. f. 80 et 81, XXIX. t. 119. — *H. florentinum* Vill. Préc. 61, Fries Epicr. 29. — *H. Michelii* Tausch 60 — *H. Paoichii* Heuff. Flora 1853 II. 618, *H. Fussianum* Schur Sert. p. 45 n. 1751 und *H. micranthum*

Panč. ZBV. VI. p. 560 n. 1264 eine sehr zarte Form. — Auf trockenen Wiesen, Triften, steinigen oder sandigen Hügeln, an Rainen, Wegen, Ufern, in Geröllen niedriger und gebirgiger Gegenden. Durch ganz Tirol, in Kärnten, Süd-Steiermark, Krain, Görz, Littorale, Croatien, Slavonien, Dalmatien, Banat, im südlichen Siebenbürgen, kömmt aber in annähernden Formen und einzeln selbst in typischen Exemplaren auch in den nördlichen Ländern vor.

II. Die nördliche oder cisalpine Form. *H. praealtum* Wimm. et Grab. 206, Koch 512, Griseb. 13, Fries Epicr. 30. — *H. mutabile* F. Schultz Fl. d. Pfalz 279, Arch. 1854 p. 12. Kömmt vor:

α. **eflagelle.** Ausläufer fehlend oder zu blühenden Seitenstengeln aufgerichtet. Stengel und Blätter kahl oder zerstreut-steifhaarig, seltener dicht-steifhaarig. *H. praealtum* Vill. Dauph. III. t. 2, Reichb. Ic. I. f. 114, XXIX. t. 123 f. II, Dietr. XI. t. 738. — *H. florentinum* Spr. Fl. hal. ed. I. t. 10 f. 1, Sturm H. 39, Wahlb. Carp. 239. — *H. obscurum* Reichb. Ic. I. f. 115, XXIX. t. 120 f. I, nicht Lang. — *H. fallax* Willd. En. berol. 822 („nullo modo stoloniferum"), Reichb. Ic. I. f. 82.

β. **flagellare.** Beblätterte Ausläufer treibend. In allen Theilen zerstreut- oder dicht-steifhaarig, seltner von feinen Sternhärchen flaumig oder kahl. *H. Auricula* Willd. Spec. III. 1564 und überhaupt der ältern Autoren. — *H. collinum* Gochn. Cichor. p. 17 t. 1, Dietr. XI. t. 735 (vergl. Fries Epicr. 24) — *H. Bauhini* Schult. Obs. 164, Reichb. Ic. XXIX. t. 122. — *H. stoloniferum* Bess. Volhyn. 75. — *H. auriculoides* et *H. fallax* Reichb. l. c. t. 121. — *H. radiocaule* et *H. Bauhini* β. *viscidulum* Tausch 55, 59. — *H. sarmentosum* Fröl. 202. — *H. pratense* Dietr. XI. 791, nicht Tausch, allem Anscheine nach. — Beide Varietäten an gleichen Orten wie die südliche Form und zwar in allen Ländern, auch in den südlichen, selbst auf den dalmatischen Inseln. Das gemeinste *Hieracium*, die ausläufertreibende Varietät jedoch die häufigere.

H. glaucescens Bess. 150 bei Lemberg ist nach der Beschreibung, dann nach Ledeb. 848 und Berdau 216 von *H. Bauhini* Schult. nicht verschieden. Nach Fries Symb. 14 und Epicr. 31 gehört es zufolge eines Original-Exemplars zu *H. Auricula* L., allein dem widersprechen die von Besser wiederholt hervorgehobenen kleinen Köpfchen. „Nomen *H. parviflori* majore cum jure huic competeret ac plantae a D. Schleichero illo insignitae" (Bess. l. c. 151 nota). *H. glaucescens* Koch 514 bei Wien ist dasselbe.

H. auriculoides Lang Syll. soc. ratisb. I. 1824 p. 183 auf Kalkbergen bei Ofen und Waizen steht nach den Worten des Verfassers zwischen *H. Auricula* und *H. Bauhini* in der Mitte. Allein da Lang nach der Ansicht seines Zeitalters unter *H. Auricula* nicht das *H. Auricula* der Neuern, das den damaligen Botanikern als *H. dubium* galt, sondern das *H. praealtum* der jetzigen Autoren verstanden haben wird, so kann unter *H. auriculoides* der Beschreibung nach nur ein stark behaartes ausläufertreibendes *H. praealtum* gemeint sein, womit auch Fries Symb. 26 übereinstimmt. *H. praealtum* δ. *auriculoides* Reichb. Ic. p. 63 t. 121 ist in allen Theilen beinahe kahl, kann daher nicht Lang's Pflanze sein.

H. floribundum Wimm. et Grab. 204, Wimm. 304, Fries Epicr. 22, Reichb. Ic. p. 56 t. 123, aber die Blüten orangefarben? Eine mir zweifelhafte, von den Autoren auf die verschiedenartigste Weise gedeutete Pflanze. Nach der Ansicht der schlesischen Botaniker eine gute Art, nach Griseb. 10 eine Varietät von *H. pratense* Tausch, nach F. Schultz Arch. 1854 p. 9 und Flora 1861 p. 35 ein Bastart: *H. Auricula* × *pratense*, nach Sendtn. 327, Döll Fl. Bad. 863 und Schultz fratr. 425 ebenfalls hybrid, aber *H. Auricula* × *praealtum*, Koch erwähnt dieses *Hieracium* gar nicht. Nach meiner Ansicht besteht der bläulichen dem *H. Auricula* L. ähnlichen Blätter wegen mit *H. pratense* Tausch keine Verwandtschaft, dagegen ist es dem *H. praealtum* Vill. noch am meisten ähnlich, obschon eine Einwirkung des *H. Auricula* nicht zu verkennen ist, also doch hybrid? Der Einwendung, dass es eine grosse Verbreitung habe und häufig vorkomme, folglich kein Bastart sein könne, liesse sich allenfalls dadurch begegnen, dass die Fortpflanzung wie *H. Pilosella* × *praealtum* durch Ausläufer geschehe. — Auf Wiesen und Grasplätzen niedriger und gebirgiger Gegenden bis auf die Voralpen. Bei Niemes im ehemaligen Bunzlauer Kreise (Schauta Lotos 1861 p. 30), auf dem Riesen und Isergebirge in Böhmen, auf dem Gesenke (Wimm. 304), bei

Krakau und Krzeszowice nächst Krakau, dann bei Ojców schon in Russisch-Polen (Rehm. 492), bei Janów nächst Lemberg (Tomasch. ZBG. XII. 911), bei Hermannstadt, Kronstadt (Schur 382) und Neudorf im Hermannstädter Stuhle (Fuss 399).

Das norwegische *H. floribundum*, das Fries mit der schlesischen Pflanze vereinigt, ist nach Schultz fratr. 425—6 von dieser verschieden und wird von ihnen *Pilosella brachyphylla* genannt.

H. furcatum Vis. 121 auf Äckern und Weinbergen bei Sebenico und Spalato, kann schon des Standortes wegen nicht das alpine *H. furcatum* Hoppe sein und wird von Schultz fratr. 424 unter dem Namen *Pilosella Visianii* als Art aufgestellt, welche zwischen *H. Auricula* L. und *H. praealtum* Vill. in der Mitte steht. Etwa hybrid? Ich kenne diese Pflanze nur aus der Beschreibung.

6. H. cymosum L. Spec. ed II. 1126. Unter diesem Namen vereinige ich *H. Nestleri* und *H. sabinum*, da sie sich nur durch die kürzere oder längere Behaarung unterscheiden, ein höchst unsicheres, oft gar nicht zu erkennendes Merkmal. Wie *H. praealtum*, so kömmt auch *H. cymosum* in zwei geographsch geschiedenen Formen vor und zwar:

l. Die Form des nördlichen und mittleren Gebietes.

H. Nestleri Vill. Préc. p. 62 t. 4, Koch 514, Reichb. Ic. XXIX. p. 60 t. 125. — *H. cymosum* Fl. dan. t. 810, Dietr. XI. t. 737, Griseb. 17, Fries Epicr. 35—6. — *H. cymosum* α. *Columnae* et β. *longifolium* Reichb. Ic. I. f. 34 et 116, jenes eine länger, dieses eine kürzer behaarte Form. — *H. Vaillantii* Tausch 57, eine Form mit drüsig-behaarten Köpfchenstielen.— *H. glomeratum* Fries Symb. 38, nicht Epicr. — *H. poliotrichum* Wimm. Fl. Schles. 1841 p. 443, Reichb. Ic. XXIX. t. 125, eine Übergangsform zu *H. sabinum*. — Ausläufer fehlend. Stengel und Blätter mit feinen Sternhärchen und verkürzten Borsten, welche höchstens so lang als der Querdurchmesser des Stengels sind, dichter oder dünner besetzt oder fast kahl. Köpfchenstiele und Hüllen von verlängerten drüsenlosen Haaren rauhharig, seltner kurzhaarig mit eingemischten drüsentragenden Borsten. Wenn die einfachen Haare des Stengels und der Blätter sich nur im mindesten verlängern, so lassen sich solche Exemplare von *H. sabinum* nicht mehr unterscheiden. — Auf Wiesen, Triften, in Wäldern, an steinigen buschigen Stellen niedriger und gebirgiger Gegenden bis in die Voralpenregion. In Nord- und Süd-Tirol, Ober- und Unter-Steiermark, Nieder-Österreich, Mähren, Schlesien, West- und Ost-Galizien, zerstreut durch ganz Ungarn und Siebenbürgen. Am häufigsten in Böhmen, am seltensten in Ober-Österreich (bisher nur bei Steieregg an der Donau nach Britt. 67), in Salzburg, Kärnten und in der Bukovina fehlend oder übersehen. In Krain, Littorale, Croatien, Slavonien und Dalmatien, wie es scheint nur vereinzelt oder mit *H. sabinum* verwechselt.

II. Die Form des südlichen Gebietes.

H. sabinum Sebast. et Mauri Fl. rom. p. 270 t. 6, Koch 516, Griseb. 16, Fries Epicr. 37, Reichb. Ic. p. 61 t. 126. — *H. cymosum* Vill. Dauph. III. 101, Préc. p. 63 t. 4. — Ausläufer fehlend. Stengel und Blätter mit feinen Sternhärchen und verlängerten Borsten, welche länger als der Querdurchmesser des Stengels sind, dichter oder dünner besetzt oder die Sternhärchen fehlend. Köpfchenstiele und Hüllen von verlängerten drüsenlosen Haaren sehr rauhhaarig. — Auf sonnigen buschigen Hügeln, trockenen Bergwiesen, in steinigen Wäldern besonders auf Kalk. In Süd-Tirol, im südlichen Krain, im Gebiete von Triest, in Istrien, Croatien, Slavonien, Dalmatien, im Banat, im südlichen Siebenbürgen. Wird manchmal auch in nördlichen Ländern angegeben, was wohl auf Verwechslungen mit *H. Nestleri* oder *H. pratense astolon* beruht oder auf Übergangs-Exemplare sich bezieht.

7. H. pratense Tausch 56, Koch 515, Fries Epicr. 23. — *H. Besserianum* Spr. Syst. II. 639. — *H. cymosum* Sturm H. 39, eine Form ohne Ausläufer. — *H. collinum* Griseb. 10, Reichb. Ic. p. 59 t. 116, eine Form mit Ausläufern. — Ausläufer unterirdisch, verholzend und oberirdisch, beblättert, oder fehlend. Stengel und Blätter mit längern oder kürzern Borsten dichter oder dünner besetzt oder ziemlich kahl, Sternhärchen nur auf dem Stengel oder spärlich auf der untern Seite der Blätter. Oberster Theil des Stengels, Köpfchenstiele und Hüllen von schmutzigen drüsenlosen Haaren und schwarzen drüsentragenden kürzern Borsten mehr oder minder rauhharig. Durch die Ausläufer und, wenn diese fehlen, durch die drüsentragenden schwarzen Borsten, welche dem

ganzen Blütenstande eine schwärzliche Färbung geben, von
H. Nestleri und *H. sabinum* verschieden, allein da ersteres wie-
wohl selten ebenfalls mit eingemischten drüsentragenden Borsten
vorkömmt und da diese bei *H. pratense* manchmal nur spärlich
aufgetragen sind, so fehlt es auch hier nicht an Übergängen. —
Auf Wiesen, Hügeln, Torfmooren, grasigen buschigen Plätzen
niedriger und gebirgiger Gegenden bis in die Thäler der Voralpen. In allen Ländern, am häufigsten in Böhmen, am seltensten
in Dalmatien; in Slavonien und im Littorale finde ich es nicht angegeben.

Anmerkung. *H. Nestleri*, *H. sabinum* und *H. pratense* haben nicht
nur unter sich sondern auch mit *H. praealtum* eine grosse Ähnlichkeit, da sie
sich von diesem eigentlich nur durch grasgrüne, nicht bläuliche, manchmal
auffallend grosse, am Stengel höher hinaufgerückte Blätter bald mehr bald
weniger unterscheiden und daher Mittelformen bilden, von denen es schwer
zu sagen ist, ob sie Übergänge oder Bastarte (*H. praealtum* × *pratense*
F. Schultz Arch. 1854 p. 11) seien. Ersteres kömmt mir jedoch wahr-
scheinlicher vor.

8. H. echioides Lumn. Fl. poson. 348, Koch 514.
Ändert ab:

α. **strigosum.** Haare des Stengels und der Blätter ungefähr
1''' lang, anliegend oder aufrecht-abstehend. Köpfchenstiele und
Hüllen weiss- oder graufilzig mit wenigen eingemischten einfachen Haaren.— *H. echioides* WK. Pl. rar. I. t. 85, Griseb. Ic.
p. 61 t. 118. — *H. echioides* * *albocinereum* Fries Epicr. 39.

β. **setigerum.** Haare des Stengels und der Blätter länger,
fast wagrecht abstehend. Köpfchenstiele und Hüllen minder
filzig, mehr graugrün, dagegen von zahlreichen einfachen Haaren
zottig. — *H. setigerum* Tausch 61. — *H. Rothianum* Griseb.
15, Reichb. Ic. p. 61 t. 118. — *H. echioides* Dietr. XI. t. 736,
Fries Epicr. 39.

Beide Varietäten auf trocknen sonnigen Grasplätzen, Felsen,
Sandsteppen, an Rainen, sowohl in der Ebene als auf Hügeln und
niedrigen Bergen, doch lassen sich die Standorte der einen und
der andern Varietät mit Sicherheit nicht abgesondert geben, da
mehrere Autoren unter dem Namen *H. echioides* beide Varietäten
begreifen. In Nieder-Österreich im obern Donauthale und im
Wiener Becken diesseits und jenseits der Donau die Var. *α*, bei
Marchegg die Var. *β*. In Böhmen bei Leitmeritz, Bilin, Černosek

und in den Umgebungen von Prag bei Kuchelbad, Podbaba und
Bubenč. In Mähren bei Znaim und bei Mohelno, im Thal der
Iglava die Var. α, zwischen Scharditz und Göding die Var β. In
Galizien blos um Lemberg und nur die Var. β. (Bess. 153,
Tomasch. ZBG. XII. 911), in der Bukovina. Gemein im nörd-
lichen und südwestlichen Ungarn, dann im Banat. In Croatien in den
Comitaten Varasdin, Agram und Fiume, in Sirmien. In Sieben-
bürgen in den Comitaten Klausenburg und Hunyad und im Sach-
senlande. Im nordwestlichen Dalmatien.

H. Rothianum Wallr. Sched. 417, *H. cymosum* Spr. Fl. hal.
ed. I. t. 10 f. 2, *H. murorum var.* Roth. Tent. II. 2. p. 267 ist
nach Schultz fratr. 431 und Schultz Bip. Herbar. norm. VIII.
n. 702 eine üppige Mittelform zwischen *H. praealtum* Vill. und
H. echioides Lumn. Viele Autoren halten jedoch *Rothianum*
Wallr. von *H. setigerum* Tausch für nicht verschieden. *H. cymosum* Spr. dagegen für eine zweifelhafte Pflanze. Scheint west-
lichen Gegenden anzugehören und wurde bisher in Österreich-
Ungarn nicht beobachtet.

    9. H. Heuffelii Janka It. ban. exs. 1870. — *H. oreades*
Heuff. Flora 1853 II. 617, Reichb. Ic. p. 58 t. 119, nicht Fries.
— *H. petraeum* Heuff. Bav. 114, Fries Epicr. 28 insoweit die
Banater Pflanze gemeint ist, Neilr. Diagn. 78, nicht Frio. Flora
1836 II. 436, dessen Pflanze nach Janka brieflicher Mittheilung
und nach einem Original-Exemplare im Herbarium Haynald
richtiger zu *H. alpicola* Schleich. gehört. Zwischen kleinen
Formen des *H. praealtum α. eflagelle* und *H. echioides* Lumn. in
der Mitte, von jenem durch den in der Regel nur 3—5köpfigen
Stengel, graufilzige Köpfchenstiele und Hüllen und oberseits grasgrüne Blätter, von diesem durch einen zarteren Bau, schaftför-
migen Stengel, minder steife und minder dichte Behaarung und
unterseits bläuliche Blätter verschieden. — Auf Kalkfelsen bei
Csiklova im Comitate Krassó und in der Prolaz-Schlucht bei den
Herculesbädern nächst Mehadia.

    10. H. aurantiacum L. Spec. ed. I. 801, ed. II. 1126, Koch
515, mit Ausschluss der Var. β. und γ., welche ich für hybrid
halte, Griseb. 8, Fries Epicr. 24, Jacq. Fl. austr. V. t. 410.
Fl. dan. t. 1112, EB. t. 1469, Sturm H. 39, Reichb. Ic. p. 58
t. 113. — *H. fulgidum* Heinh. in Fries Symb. 24 et Reichb.

Ic. p. 55 t. 113 et 129 (nicht Saut.) ist das *H. aurantiacum* der Gärten. — Auf Wiesen und felsigen Triften der Alpen und Voralpen. Durch die ganze Alpenkette von Tirol nördlich bis Nieder-Österreich, südlich bis Croatien, wahrscheinlich auch in Dalmatien, da es auf dem Sveto Brdo des Velebit angegeben wird. Auf dem Riesen- und Isergebirge und im Gesenke der Sudeten. Auf den Karpaten in Schlesien, Galizien, Ober-Ungarn, Bukovina und Siebenbürgen, auf der Biharia und im Banat.

H. fuscum Vill. Préc. p. 19 t. 1 auf dem Splügen in der Schweiz ist, so viel sich aus der kurzen Beschreibung und der schlechten Abbildung entnehmen lässt, eine von *H. aurantiacum* verschiedene mit *H. dubium* verwandte Art, die sich nach Fries Epicr. 21 mit Sicherheit nicht mehr ermitteln lässt. In Fröl. 204, Koch Syn. 516 und Reichb. Ic. t. 112 wird darunter eine armköpfige Form des *H. aurantiacum* verstanden, nach Schultz Bip. in F. Schultz Arch. 1855 p. 148 Note wäre sie ein Bastart: *H. sabinum* × *aurantiacum.* Was *H. fuscum* Fuss 399 auf den Arpáser und Fogaraser Alpen sein soll, weiss ich nicht.

HYBRIDE FORMEN.

Wie Wimmer in der Denkschrift der schlesischen Gesellschaft 1853 p. 151 und Döll in der Flora von Baden II. 505 bezwecke ich mit dem Vor- oder Nachsetzen einer Stammart weder ein Ähnlichkeits- noch ein Abstammungs-Verhältniss, so dass mir *H. Pilosella* × *Auricula* und *Auricula* × *Pilosella* ganz gleichbedeutend sind.

1. H. Pilosella × **Auricula** Fries Nov. ed. II. 1828 p. 248, F. Schultz Arch. 1842 p. 35. — *H. auriculaeforme* Fries Symb. 7, Epicr. 17, Griseb. 5, Reichb. Ic. p. 53 t. 108. — *H. Schultesii* F. Schultz l. c. — *Pilosella Auricula* × *officinarum* Schultz fratr. 417—8, 424—5. — Auf Wiesen, an Waldrändern, buschigen Stellen, entweder wirklich sehr selten oder oft übersehen. Bei Hütteldorf (N.) und auf dem Sonnenwendstein nächst Schottwien in Nieder-Österreich (Pett. Exs.), dann bei Ustron, Weichsel und auf der Baranya in den schlesischen Beskiden (Wimm. 318, Kolb h. 1204).

2. H. Pilosella × **glaciale** Nägeli 113 als *H. Pilosella* × *angustifolium,* was dasselbe ist. — *H. angustifolium* Hoppe in

Sturm H. 37 (nicht Hoppe Taschenb. 1799 = *H. glaciale* Reyn.), eine höhere 1—2köpfige Form mit verkürzten Köpfchenstielen. — *H. sphaerocephalum* Fröl. in Mössl. und Reichb. Handb. der Gewächskunde II. 1828 p. 1386 und in DC. Prodr. VII. 201, Fries Epicr. 14. — *H. furcatum* Hoppe Flora 1831 I. 181, Koch 510. — *H. hybridum* Griseb. 7, Reichb. Ic. p. 56 t. 111, eine höhere gabelspaltige 2köpfige Form mit verlängerten Köpfchenstielen und t. 128, eine sehr niedrige 1—2köpfige Form = *H. pusillum* Hoppe Flora l. c. 182. — *H. hybridum-angustifolium* Reichb. Ic. p. 57 t. 129, eine höhere 3köpfige Form mit verkürzten Köpfchenstielen. — Auf Felsen und Triften der Alpen, steigt bis 8000′. Auf den Alpen in Vorarlberg, Nord- und Süd-Tirol, Salzburg, Kärnten, Ober-Steiermark und Ober-Österreich, zwar sehr verbreitet, aber meist einzeln, vielleicht auch theilweise mit *H. glaciale* Reyn. verwechselt. Auf den Przysłup der galizischen Central-Karpaten (Fl. Karpat. 470), doch wird über das Vorkommen der einen Stammart, nämlich des *H. glaciale*, dort nichts erwähnt. Auf dem Butyan und Arpás der Fogaraser Karpaten (Schur 381). Die Standorte auf dem Naklate im Comitate Trencsin (Pant. ÖBZ. XVIII. 251) und auf der Majerova Skala im Comitate Sohl (Márk. ÖBZ. XVI. 110) halte ich für irrig, weil *H. glaciale* auf Voralpen nicht wächst.

3. H. Pilosella × praealtum Wimm. Jahr. Ber. der schles. Gesellsch. 1843 p. 205, Reichb. Ic. p. 55 t. 114, eine dem *H. praealtum* näher stehende Form. — *H. brachiatum* Bert. in DC. Fl. Franç. V. 442 Note et Fl. ital. VIII. 460, Fries Epicr. 16. — *H. obscurum* Lang Syll. soc. ratisb. I. 184, nicht Reichb. — *H. collinum* Baumg. 22, nec aliorum. — *H. flagellare* Dietr. XI. t. 790, eine dem *H. Pilosella* näher stehende Form, ob Willd. En. berol. suppl. 54, ist zweifelhaft. — *H. bifurcum* Koch 510 „foliis glaucescentibus" und vieler Autoren, nicht MB. — *H. acutifolium* Griseb. 6, Reichb. Ic. p. 54 t. 109 f. I. (irrig als *H. bifurcum* MB. überschrieben) nicht Vill., eine Mittelform. — *Pilosella brachiata* Schultz fratr. 424. — Ein vielgestaltiger Bastart, je nachdem er sich der einen oder der andern Stammart mehr nähert und je nachdem er sich mit der einen oder andern Form des so veränderlichen *H. praealtum* verbindet. So scheint mir das in den Rheingegenden vorkommende *H. Villarsii*

F. Schultz Flora 1861 p. 35 oder *Pilosella Villarsii* Schultz
fratr. Flora 1862 p. 424 et Cichor. suppl. n. 113 ein Bastart des
H. Pilosella mit *H. fallax* Willd., einer rauhharigen Form des
H. praealtum zu sein, dem letzteren viel näher verwandt. — Auf
sandigen grasigen oder buschigen Plätzen, in Hohlwegen, an
Wegen, Rainen, Weingartenrändern niedriger und hügliger Gegenden, von allen Bastarten der Gattung *Hieracium* der häufigste,
da die Fortpflanzung durch Ausläufer geschieht. In allen Ländern.

4. H. Pilosella × pratense F. Schultz Fl. d. Pfalz 1845
p. 278, Arch. 1850 p. 177 et 1854 p. 7. — *H. stoloniflorum* Koch
510 „Foliis viridibus" Griseb. 6, Fries Epicr. 12, Reichb. Ic.
p. 54 t. 110 und der meisten Autoren seit Koch, nicht WK. —
Dem *H. Pilosella × praealtum* höchst ähnlich und nur durch grasgrüne grössere Blätter verschieden. — Auf Wiesen, Hügeln, grasigen buschigen Plätzen niedriger und gebirgiger Gegenden bis
in die Thäler der Voralpen, selten und sehr zerstreut. Bei Brixen
und Bozen in Tirol, bei Weissberg nächst Glödnitz im nördlichen
Kärnten, bei Görz, Adelsberg und Idria in Krain, auf Lesina in
Dalmatien (Griseb. l. c.), bei Linz, in Böhmen ohne nähere
Angabe (Koch l. c.) bei Karthaus und Kiritein nächst Brünn,
im Gesenke, bei Bozanovic nächst Teschen, am Fuss der
galizischen Central-Karpaten zwischen Koscielisko und Javorina,
bei Mijava im Comitate Trencsin, auf der Kopa bei Neu-Sohl, im
Banat, bei Hermannstadt. Ob aber diesen Angaben immer rich-
tige Bestimmungen zu Grunde liegen, möchte ich bezweifeln, da
ich in Herbarien diesen Bastart oft mit dem viel gemeineren
H. Pilosella × praealtum verwechselt sah.

H. hybridum Chaix in Vill. Dauph. III. p. 100 observ. t. 34
(nach Gren. et Godr. II. 348 irrig als *H. Halleri* überschrieben),
ein 2gabliges 2köpfiges Exemplar und Prec. p. 60 t. 2 ein üppiges
wiederholtgabliges mehrköpfiges Exemplar, ist nach der Ansicht
fast aller Autoren und früher auch nach Fries Symb. 8 von vor-
stehendem Bastarte nicht verschieden, nach Fries Epicr. 16 aber
mit diesem gar nicht zu vergleichen und synonym mit dem cor-
sischen *H. fulvisetum* Bert. Ital. VIII. 458? Auf Felsen in Süd-
Tirol und Istrien nach Fries?

5. H. Philosella × echioides Lasch Linnaea 1830 p. 451 zum
Theil, Schultz Bip. Flora 1861 p. 35. — *H. bifurcum* MB. Taur.

Cauc. II. 251, Griseb. 6, Fries Epicr. 13, Dietr. XI. t. 734? denn
es könnte auch *H. Pilosella* × *pratense* sein, Reichb. Ic. p. 54
t. 109 f. II (irrig als *H. acutifolium* überschrieben) nicht Koch
— *H. cinereum* Tausch. Flora 1819 II. 463, 1828 I., Eng. Bl. 60. —
H. echioides γ. *grandiflorum* Koch 514. — Bisher nur auf Felsen
hinter Grosskuchel bei Prag (Tausch l. c. 462—3) und bei
Mohelno im Thal der Iglava in Mähren (Röm. Brünn. Ver. V. 55,
56). In Croatien einzeln mit *H. echioides* (SV. Croat. 892)? für
eine so seltene Pflanze eine sehr unbestimmte Angabe.

H. collinum Bess. 148 auf Hügeln bei Lemberg (Zaw. 92)
ist wohl ohne Zweifel ein Bastart, dessen eine Stammart *H. Pilosella* ist: „Simillimum *H. Pilosella*, sagt Besser, a quo differt
scapis ramosis, foliis subtus nudiusculis, floribus minoribus“. Ob
aber die andere Stammart *H. praealtum* (Koch 510) oder *H. pratense* (Fries Symb. 5) oder *H. echioides* (Fries Epicr. 13) sei,
lässt sich ohne Ansicht eines Original-Exemplars nicht entschei-
den. Die weitern Worte Besser's: „Versus flores rami et calyces
ipsi sunt canescenti-tomentosi pilis nigris apice glandulosis muri-
cato-hispidi“ deuten jedoch auf *H. echioides* β. *setigerum* hin.

6. H. Pilosella × **aurantiacum** Heer Fl. d. Schweiz 781,
Nägeli 116, Schultz Bip. in F. Schultz Arch. 1854 p. 7. —
H. stoloniflorum WK. Pl. rar. III. p. 303 t. 273, Herb. Kit. XXVI.
n. 153, Schur 379, nec alior. — *H. discolor* vel *bicolor* etiam
tricolor Kit. Add. 113. — *H. Pilosella* β. *stoloniferum* Baumg.
21. — *H. alpicola* Tausch 55, nicht Schleich. „flosculi subtus
purpurei“ — *H. sphaerocephalum* ∂. *discolor* Fröl. 201, Schultz
fratr. 423. — *H. fulgidum* Saut. Flora 1851 I. 50, 1852 II. 432,
nicht Heinh. — *H. cernuum* Saut. in Hinterh. Prodr. 350, nicht
Fries. — *H. versicolor* Fries Vet. Acad. Förk. 1856 p. 149 et
Epicr. 15, Schur 380. — *H. Sauteri* Schultz Bip. Augsb. Ver.
1857 p. 49. — *H. Hausmanni* Reichb. n. 53 t. 128. — Nach
Kitaibel's Abbildung und Beschreibung sind die innern Zungen-
blüten seines *H. stoloniflorum* gelb, die äussern oberseits tief-
orangefarben, unterseits purpurroth, auch das getrocknete Exemplar seines Herbars zeigt rothbraune Blüten, so dass eine Einwirkung von *H. aurantiacum* unverkennbar ist. Die Abbildung in
WK. ist übrigens nach einem cultivirten, aus croatischen Samen
gezogenen Exemplare angefertigt und stellt daher eine üppigere
Pflanze dar, als man sie in der freien Natur findet. Da *H. pra-*

tense Tausch und *H. aurantiacum* L. sich bekanntlich sehr ähnlich sehen und vorzüglich durch die Farbe der Blüten verschieden sind, so muss dies auch von den Bastarten derselben mit *H. Pilosella* L. gelten. Diejenigen Autoren also, die dem *H. stoloniflorum* WK. gelbe Blüten zuschreiben, können damit nicht die echte Pflanze dieses Namens, sondern nur *H. Pilosella* × *pratense* meinen. Irrig ist es ferner, wenn Schur *H. versicolor* Fries für *H. aurantiacum* × *pratense* hält, da er selbst sagt: „Anthodiis speciosis magnitudine *H. Pilosellae* grandiflori“.

H. Pilosella × *aurantiacum* wächst auf Wiesen und steinigen Triften der Berg- und Voralpenregion, ist aber sehr selten. Auf den Hochebenen des Likaner und Otočaner Regimentes in Croatien (WK. l. c., Schloss. ÖBW. VII. 264, SV. Croat. 890), auf dem Ritten und Klobenstein bei Bozen (Hausm. Exs.), bei der Kirche von Pöckstein nächst Gastein (Saut. l. c.), bei Rycerki in den Beskiden (Rehm. 493) und bei Kościelisko am Fuss der Central-Karpaten in Galizien, im Kupferschächtenthale der östlichen Tatra (Uechtr. ÖBW. VII. 343, 360) und auf der Biharia in Ungarn (Kern. Exs.), am häufigsten im Sachsenlande in Siebenbürgen, als bei Kronstadt, wo es sich durch Ausläufer selbstständig fortpflanzt (Schur l. c.), dann bei Grossscheuern und Schässburg (Fuss 398).

7. **H. Auricula × praealtum** Lasch Linnaea 1830 p. 449. — *H. ochroleucum* Döll. Rhein. Fl. 521, Reichb. Ic. p. 55 t. 127. (S. auch *H. floribundum* Seite 18.) An grasigen buschigen Stellen sehr selten oder übersehen. Bisher nur am Fuss der Central-Karpaten und in den Pieninen in Galizien (Rehm. 493), dann bei Rodna im nördlichen Siebenbürgen (Czetz Exs.)

H. Auricula × pratense F. Schultz Arch. 1854 p. 9 und **H. Auricula × aurantiacum** Nägeli 117 wurden bisher in diesem Florengebiete nicht gefunden.

H. nothum Hut. ÖBZ. XX. 338 auf Alpenweiden bei Andraz an der Grenze von Tirol und Belluno ist nach Huter's Vermuthung ein Bastart: *H. piloselloides* × *aurantiacum*.

8. **H. praealto-tridentatum** oder *H. Garckeanum* Aschers. Ind. sem. hort. berol. 1869 p. 24, Flora 1870 p. 180. — Am Fuss des Riesengebirges zwischen Freiheit und Johannesbrunn (nicht Johannesbad) in Böhmen.

9. H. sabinum × **aurantiacum** Nägeli 118, Schultz Bip. in
F. Schultz Arch. 1855 p. 118. Hierher ziehe ich in Übereinstimmung mit Nägeli 119 und 120 alle Varietäten des *H. sabinum* und *H. aurantiacum* der Autoren mit Blüten, deren Farbe aus gelb, orangefarben und purpurroth gemischt ist. Sie scheinen mir eher Bastarte als Varietäten zu sein, denn im letzteren Falle würden sie Übergänge des *H. sabinum* in *H. aurantiacum* bilden. Hierher gehören:

H. multiflorum Schleich. Catal. 1815 p. 17, Reichb. Ic. p. 61 observ. t. 126 f. III. — *H. sabinum* β. *rubellum* Koch 516. — Blüten bleichsafranfarben. — Auf Voralpenwiesen bei Kals im Pusterthale in Tirol (Hut. Exs.), dann auf Waldwiesen im südlichen Siebenbürgen ohne Angabe eines nähern Standortes (Schur p. 385 n. 2147). Der Standort bei Vama in der Bukovina (Rehm. 492) ist nach einer spätern von Rehmann mir gemachten Mittheilung zweifelhaft.

H. aurantiacum δ. *flavum* Gaud. 86 oder β. *luteum* Koch. 516. — *H. aurantiacum* var. *flore sulfureo* All. Pedem. I. p. 214 t. 14. — Blüten gelb. — Auf subalpinen Wiesen. Auf dem Padon in der Fassa in Süd-Tirol (Facch. 109), auf dem Schoberstein bei Steir in Ober-Österreich (Britt. 67), im Thale von Koscielisko am Fuss der galizischen Central-Karpaten (Uechtr. ÖBW. VII. 343), in der Bukovina ohne nähere Angabe (Herb. Buc. 194).

H. aurantiacum ε. *bicolor* Gaud. 87, Koch 516. — Die innern Blüten citronengelb, die äussern orangefarben. — Auf der Bindelalpe am Freschen in Vorarlberg und im Raienthale im Hochvintschgau in Tirol (Hausm. 534).

H. subfuscum Schur 386. Blüten bleich-orangefarben oder goldgelb und unterseits orangefarben. Auf Felsen und steinigen Triften der Rodnaer, Arpáser und Fogaraser Alpen.

H. Hinterhuberi Schultz Bip. in Hinterh. Prodr. 1851 p. 132 auf dem Rossfelde am Hohen Göll und auf dem Schafberg bei Mondsee in Salzburg ist mir zweifelhaft, da ich die Farbe der Blüten nicht angegeben finde und an den getrockneten Exemplaren mit Sicherheit nicht erkennen kann. Nach Hinterh. l. c. und Saut. 89 eine Varietät des *H. aurantiacum* L. ohne Ausläufer, nach Fries Epicr. ohne grundständige Blätter (ein Zufall), nach Schultz Bip. in F. Schultz Arch. 1855 p. 118 ein Bastart:

H. sabinum × *aurantiacum.* Dem steht aber entgegen, dass *H. sabinum.* eine südliche Pflanze, in Salzburg gar nicht vorkömmt. Wenn also *H. Hinterhuberi* wirklich ein Bastart ist, so könnte es nur *H. pratense*×*aurantiacum* sein, denn *H. Nestleri* fehlt ebenfalls in Salzburg.

10. H. pratense × **aurantiacum** Schur Sert. 1853 p. 45 n. 1750. — *H. subauratum* Schur Transs. 386. — Auf Berg- und Voralpenwiesen in Siebenbürgen, als auf Öcsém Teteje im Csiker Stuhle, dem Götzenberg im Hermannstädter Stuhle, der Pojana bei Kronstadt, den Kerzesorer Karpaten im Districte Fogaras.

11. H. aurantiacum × **alpinum** oder *H. bihariense* Kern. ÖBZ. XIII. 246. Auf Alpenwiesen der Biharia an der Grenze von Ungarn und Siebenbürgen.